そして人生は続く

あるペルシャ系ユダヤ人の半生

辻 圭秋

ブックレット《アジアを学ぼう》別巻 ⑬

風響社

JN184115

そして人生は続く――あるペルシャ系ユダヤ人の半生

辻　圭秋

はじめに

「エルサレムでは、次の角を曲がった時にどのような人に会うのか想像もつかない。悪魔か、聖人か、狂人か」

時は金曜夜の安息日の食卓、場所はエルサレム。当時筆者の隣人であったベストセラー作家で、トランシルヴァニアにルーツを持つアメリカ系ユダヤ人宅に招かれた時の彼の言葉である。その食卓にはアメリカの有名ユダヤ系大学の学長や、「明日夜ローマ法王と一緒にご飯を食べに行きます」とこっそり教えてくれたドイツ人仏教研究者が同席していた。筆者はなぜかそこで「ライラライライライライ……」と、バシバシと食卓を叩いてビートを刻みつつ、東欧ユダヤ人に伝わる旋律を歌わされていた。

イスラエルに暮らす人々は実に多様であり、この国に住んでいる人は皆それぞれ大変興味深い物語を持っている。エルサレムの厳格なリトアニア系ユダヤ教超正統派の家庭に生まれるも、世俗世界への興味を抑えられずついに

「還俗」し、以後血縁、辻圭秋との関係を一切断ち、新しい人生を歩んだ女性。イギリス領だったアデン（現イエメン領）で生まれ、イギリス人として当時委任統治領だったパレスチナへと辿り着き、今もアデン系のシナゴーグで聖書を朗唱する百歳を超えるおじいさん。八〇歳を超えた息子が彼を介助しているのを見た時は驚いた。ユダヤ教に改宗し「イスラエル人」となり、日本国籍を捨てた元日本人たち。それとは逆に、日本に生まれ日本国籍を持つが自身のルーツを探るためイスラエルで兵役に就く、ホロコーストの生き残りの子孫であるユダヤ系日本人。イエス・キリストを救世主であり神と信じ、新約聖書を学ぶユダヤ人。「エルサレム症候群」に罹患し、自身を神の子イエスや聖書の預言者であると錯覚し、裸足に法衣の出で立ちで手に聖書を持ちエルサレムを徘徊するアメリカ人。自身の食堂で筆者に生肉料理とスパイスの奥深さを教えてくれたエチオピア生まれのエチオピア系ユダヤ人。イスラエル建国記念日にイスラエル国旗を焼く反イスラエル・シオニズムの超正統派ユダヤ教徒。ナザレで行われたエスペラントの青年大会で出会った、「今までもこれからもイスラエル人として生きていきたい」と述べた地元のアラブ・クリスチャンの友人。

本書は、そんなイスラエルに暮らす人々の一人に焦点を当て、声を聴かせてもらったものである。主人公の女性の名は、ダリア・パジャンド。一九六三年、イランの古都エスファハーンにユダヤ人として生まれる。ペルシャ語が母語だがユダヤ系の学校に通いヘブライ語・フランス語も習う。一五歳の時、一九七九年初頭のイラン革命を経験。革命後、イラン・イラク戦争中の一九八六年に、夫と生まれたばかりの息子とともにイスラエルへと脱出。以来イスラエルで様々な仕事で生計を立て、現在は音楽家（歌手）としての活動の他、音楽学校の講師も務めている。イスラエルに辿り着いて以来、一度も生まれ故郷イランに帰っていない。

筆者はダリアと筆者の留学先であるエルサレムで出会った。当時ヘブライ大学で地元のイスラエル人や留学生とともに学生生活を送っていた筆者は、座学で学ぶ紙上の知識だけでなく剝き出しの異文化にも触れてみたいという漠然とした思いがあった。そう思っていた矢先、ひょんなことから自宅のすぐ近くにアラブ音楽を教えているミッシェル・ロハナ（現在、東エルサレムのエドワード・サイード音楽院講師）というアラブ人の先生がいることを知った。アラビア語は四年ほど学んでいたものの、アラブ音楽に関してはそれまで縁がなかった筆者であったがここに至って一大決心をし、西洋のリュート、日本の琵琶の親戚である中東の弦楽器、ウードを習い始めることにした。ウードを習い始めてから数か月経ちその奥深さを知り、さらに中東音楽を追求したいと思っていた折、イスラエル人の友人からエルサレムの東西の境界近くに中東古典音楽を総合的に学ぶことができる学校があることを教えてもらった。何度かの見学の後、中東各地のユダヤ人の文化遺産やヘブライ語詩の勉強にもなるから、と自分を説得し、思い切って三年間のコースに入学した。

写真1　2015年6月、音楽学校で友人たちとペルシャ古典音楽を演奏する筆者。筆者はウードで参加。

筆者はそこで共通科目としてアラブ・トルコ・ペルシャ・ギリシャ音楽の基礎を習い、専門科目としてヨハイ・バラク（ディーワーン・サズというグループのリーダー）からトルコの弦楽器であるサズを、来日公演の経験もあるギーラ・バシャリからイエメン系ユダヤ人の伝承歌を、ルツ・ヤアコヴからスペイン系ユダヤ人の伝承歌を、そしてペレツ・エリヤフ（子息のマーク・エリヤフとともにイスラエルの中東古典音楽シーンにおける最重要人物の一人）からペルシャ古典音楽の基礎と中東音楽の作曲・編曲の基礎を習った。

現在、ダリアは同校にてペルシャ古典音楽（声楽）やペルシャ詩の授業で教鞭を取っているが、当時は筆者とは生徒どうしでいくつか共通の授業を

写真2　ダリアがいつも作ってくれる、ペルシャ系ユダヤ人家庭の定番料理、「ゴンディー」。肉団子。筆者撮影（以下断りない場合全て筆者撮影）。2016年11月撮影。

写真3　同じくダリアが作ってくれたスイーツ「ナグル」。2016年11月撮影。

履修していた。彼女の歌を初めて聞いた時、まるでそこがイスラエルではなくペルシャの宮廷であるかのように思われ、彼女が育った母文化の力というものを実感したことを覚えている。ペルシャ音楽の知識は皆無だったが、かつてバックパッカーとしてイランを訪れたことがある筆者は彼女に大変興味を持ち、また彼女の柔和な人柄もあってすぐに仲良くなった。毎週数回は学校で顔を合わせ、やがて友人として彼女の家にも招かれるようになり、手作りのペルシャ料理を頂くようになった。そのような付き合いの中で故郷での話、革命時の話、イスラエルに来てからの苦労話等を聞かせてもらった。どれも大変に興味深い話で、是非とも日本の読者の皆様と共有したいという思いがあり、その思いがこのささやかなブックレットの出発点となった次第である。

本書は学術的な手続きや様式で何かを明らかにするという類の本ではない。しかし、激動の歴史を生き抜いてきた一人のユダヤ人女性の語りから日本の読者も学ぶところがあると信じている。それは歴史的体験や事実であるかもしれないし、イスラーム圏で宗教的マイノリティーとして生きることかもしれない。あるいは母国（出生国）を捨てるという経験かもしれないし、戦争が生んだ一人の難民あるいは亡命者としての証言かもしれない。民族とは、宗教とは何か、ということかもしれないし、はたまた言語化できない何かかも知れない。本書を読む行為の果実は読者諸賢が味わって欲しい。

本書は、日本語の出版・言説では極めて限られた情報しか得ることができない中東イスラーム圏のユダヤ人について記したものである。従って、必要最低限の基本事項、歴史的前提を第一節に記した。第一節は、本書の中核部分である第二節から第四節までの理解のよすがとなるよう書いたものであるが、飛ばして頂いても、あるいは後で読んで頂いても構わない。

本書で頻出する用語についての説明は以下の通り。

・ユダヤ人／ユダヤ教徒……西欧語やヘブライ語の「*jew*（及びそれぞれに対応する語）」という語に対して、日本語や中国語は「ユダヤ人」あるいは「ユダヤ教徒」という二通りの訳し方がある。前者は「民族集団」として措定されることが多い文脈で、後者は宗教性がより重要となる文脈で使用する。

・ムスリム……イスラム教徒。なお女性形はアラビア語で「ムスリマ」になるが、煩雑なため本書では性に関わらず「ムスリム」とする。

・イスラエル人……内実は多様である。所属宗教（内面の信仰は問わない）で分けた場合はユダヤ教徒が大多数となるが、キリスト教徒やムスリムその他も多い。またアラビア語を母語とし、ユダヤ教徒でない集団を「アラブ人」と定義した場合、彼らはイスラエル国民の二割を占める。一般書籍で「イスラエル人」という語が出てきた場合、それは大抵「ユダヤ系イスラエル人」を指すが、本書では必要に応じて所属宗教も明示する。

・中東系ユダヤ人……「ユダヤ系イスラエル人」もまた多様なバックグラウンドを持つ。ダリアのようなイスラエルへの移民一世で中東地域からの出身者、及びその子孫でイスラエル生まれのものなど広く含む。しかし、イスラエル社会への同化の程度や、中東系（の子孫）であることにどれだけのアイデンティティーを持つかは世代や経験や出身地、また個人の資質や性格による。

・イラン／ペルシャ……本書では、現代の領域国民国家及びそれに相当する地理的範囲の文脈では前者、言語や二〇世紀中葉以前の伝統に繋がる文化に関する文脈では後者を使用する。

・シナゴーグ……ユダヤ教会堂。ちなみにユダヤ宗教法上、ユダヤ教徒はイスラム教のモスクに入ることは許されている。理由は偶像とみなされるものが存在しないため。しかしキリスト教の教会に入ることは許されていない。

一　本書の理解のために

1　中東系ユダヤ人小史

「あるペルシャ系ユダヤ人の半生」という本書の副題に一瞬戸惑われた方がおられるかもしれない。ペルシャ＝イラン、とユダヤ・イスラエルがうまく結びつかない、という向きもあろう。しかし古代よりユダヤ人は現在の中東イスラーム圏に常に存在し続けていた。そもそも聖書の舞台は現代の中東地域であるし、聖書のエステル記の舞台はペルシャ、現在のイランである。ユダヤ教の口伝律法とそれに対する賢人の註解を集成したタルムードはおそらく四世紀にエルサレム、そして六世紀にバビロニア、つまり現在のイラクで編纂された。中世最大の学者として名高いマイモニデスは一二世紀にイベリア半島のコルドバに生を享けたが、ムワッヒド朝による迫害を避け、モロッコのフェズ、そして最終的にカイロに到着し、当地で没した。その後のユダヤ教神秘主義の展開を決定づけたイツハク・ルーリアは一六世紀エルサレムの生まれであるし、自身をメシアと宣言してイエメンから東欧に至るユダヤ人コミュニティーを混乱の渦に巻き込んだ「偽メシア」シャブタイ・ツヴィが活躍したのは一七世紀のオスマン帝国圏内であった。

このように中東イスラーム圏のユダヤ人は前近代のユダヤ史において中心的な役割を果たしていた。しかし近現代史においては、歴史を動かす「主役」はやはり「ヨーロッパ」であった。ユダヤ人の歴史においても、新しい思想を生み出しそれに基づく運動を行い、現代に直接に繋がるユダヤ人及びイスラエルの歴史を動かしたのはヨーロッパ系ユダヤ人であると言わざるを得ない。そこでまず、一九世紀末からヨーロッパで始まる政治的シオニズム運動が中東イスラーム圏に存在していたユダヤ人コミュニティーに及ぼした影響を確認しておきたい。

写真4　カイロの旧ユダヤ人地区にあるマイモニデスシナゴーグ。閉鎖中。2016年3月撮影。

一九四八年のイスラエル建国以前より、主に宗教的動機から中東イスラーム圏のユダヤ人による現在のイスラエル領内への集団移住は行われていた。それらの集団移住はヨーロッパのシオニズム運動と連動するものもしないものもあった。また、シオニズムの大義の裏に隠れがちだが、移住者の中には当地のヨーロッパ系「世俗」ユダヤ人のあまりに放埒な「反ユダヤ性」を理由に故郷に帰る者も少なからずいた。だが、一九四八年、中東イスラーム圏のユダヤ人にとって決定的な転機が訪れる。それ以前にも、たとえば一九四一年六月にイラクではファルフード[1]と呼ばれる大規模な虐殺が起きていたが、一九四七年一一月の国連パレスチナ分割決議を経て一九四八年五月にイスラエルが「建国宣言」を発し第一次中東戦争が勃発すると、中東イスラーム圏のアラブ人を中心に反イスラエル感情が最高潮に達した。その反イスラエル感情は容易に反ユダヤ感情に転化し、ユダヤ教徒＝ユダヤ人＝イスラエル人＝敵国人という写真式が確立した。そしてそれは皮肉にもシオニズムの論理と軌を一にするものでもあった。その反ユダヤの嵐の中で、中東イスラーム圏にいたユダヤ人の多くは故国に残ることを諦め、ある者は移民として、ある者は難民として、ヨーロッパ諸国、そしてイスラエルに辿り着いた。その結果、イスラエルは人口を大いに増やし、国力は増大することとなった。しかしシオニズム運動の唱導者かつ実践者であり、すでにイスラエル社会の中で地歩を固めていたヨーロッパ系ユダヤ人と比較して、新参者で徒手空拳の中東系ユダヤ人は周縁的な存在として生きていかざるを得なかった。

たとえば一九五〇年から一九五一年にかけてのイラクからは一〇万人以上のユダヤ人難民／移民が発生した。そのうちの一人に、アヴラハム・サルマンがいる。伝説的なカーヌーン（日本の琴に似た中東の撥弦楽器）奏者の彼は三〇歳にしてバグダッドの「王」と讃えられ、ユダヤ人からもムスリムからも尊敬を集めていた。しかしイスラエルでは彼の音楽は理解されず、イスラエルで中東古典音楽のリヴァイヴァル・再評価が始まるまで日の目を見ることはなかった。「イスラエルに来るべきではなかった。イラクに意地でも留まるべきだった」と、高齢の彼はドキュメンタリーの中で語る。他の名演奏家たちも、イスラエル社会での文化ヒエラルキーの上層に位置していた西洋的・近代的価値観から疎外され、音楽家として生きる道はなかった。故国で尊敬を集めていた音楽家は、ある者は配管工に、ある者は機械工になり、第二の人生を歩むことになった。

2　イラン・ユダヤ・イスラエル

しかしながら、中東イスラーム圏全てのユダヤ人が、一九四八年のイスラエル建国と時を同じくしてヨーロッパやイスラエルに辿り着いたわけではない。実情はそれぞれの国で異なる。イランの場合は、一九七九年のイラン革命以前、つまりシャー（王）の時代にはアメリカとイスラエル、ともに良好な関係を築いており、反ユダヤ感情はアラブ諸国に比べて強くなかった。それもあってか、イスラエル建国当初イランにいた約一〇万人のユダヤ人のうち、一九六八年までに約七万人がイスラエルに移住したが、それでも革命前夜のイランには約四万人のユダヤ人がイランにいたと言われている（七万人のうち一万人ほどはイスラエルからイランへと戻った）。

写真５　チュニジアのジェルバ島にあるエル・グリーバシナゴーグ。2002年の襲撃で21人が死亡。2007年11月撮影。

二〇世紀前半に中東各地に存在したユダヤ人コミュニティーの大部分は、現在ほぼ消え去ったか、細々と残っているに過ぎない。その中でまとまった数、すなわち数千人から一万人以上の規模のユダヤ人コミュニティーを擁する中東の国は少ない。人数として最も多いのはトルコ、そして意外に思われるかもしれないが、次にイランである。トルコでは、近年の政治・経済状況が原因で、現在進行形でユダヤ人人口が減少していると言われているため、その正確な数は不明だが、一万人以上はいると推定されている。イランでは二〇一二年の統計で約八七〇〇人のユダヤ人がいたとされている。その後モロッコ、チュニジアと続くが、トルコとイランの各ユダヤ人コミュニティーはそれらの国々のユダヤ人コミュニティーの合計より規模が数倍大きい。イラン国内には今もテヘランやエスファハーン、ケルマーンといった都市に数百人から千人規模のユダヤ人コミュニティーが存在し、シナゴーグも機能している。

しかし、イスラエルとイランは二〇一七年初頭の現在戦争状態にある。イスラエル人、つまりイスラエルのパスポートのみを持つ者は基本的にイランに入国できない。逆にイラン人や、他の戦争状態にある国及び外交関係を有しない国は特別な理由があればその限りではない。第三国、たとえばトルコに出国した後イラン人であれば、親族の結婚や巡礼等の事情があれば当地のイスラエル大使館でヴィザの取得が可能なようである。ヴィザ取得の後、イスラエルの空の玄関口であるベングリオン空港（旧ロッド空港）で数時間に及ぶ執拗な尋問を受けた後、見事入国となる。筆者はイスラエル国内で、八時間の尋問を乗り越えて入国を許されたユダヤ系イラン人の他、巡礼に来たアルジェリア人ムスリムやインドネシア人キリスト教徒と話したことがある。ほとんど知られていないと思われるが、イスラエルには革命前のパイプを利用し、イラン革命後に亡命して市民権を得たイラン系イスラエル人のムスリム（シーア派）の学者や音楽家もいる。

また、さらに意外に聞こえるかもしれないが、イランの比較的弱い反ユダヤ、反イスラエル感情は現在でも続いていると言われる。中東地域に関心があるイスラエル人は、

「イスラエルはエジプトと政府レヴェルでは関係良好、民衆レヴェルでは関係最悪。イランは政府レヴェルでは関係最悪、民衆レヴェルでは関係良好」

と比較することが多い。筆者は部外者なので本当のところは分からないが、これを裏付けるような話をイスラエルに住んでいた時にたびたび聞くことがあった。

クルディスタンとイランにルーツを持ち、ペルシャ古典音楽を学ぶユダヤ系イスラエル人の友人がいる。旅行でインドのゴアに辿り着き、そこで同じく旅行中のイラン人ムスリムと知り合った。これはと思い、彼は自分の楽器を出し、おもむろに古典音楽を演奏したところ、そのイラン人が大変感激した。そのイラン人が他のイラン人の友人も連れてきたところさらに大ウケし、やんややんやとハグ、キス、喝采の雨あられ状態になった。

「イスラエル人の兄弟よ、ここで君に会えて大変に嬉しい、君が我々の文化を心から尊敬しているのが分かった」

「イラン人の兄弟よ、私は生きている間にあなたたちの偉大な国、イランに行くのが夢なのです」

写真6　イスタンブルのカラキョイ地区にあるネヴェ・シャローム・シナゴーグ。1986年の襲撃で22人が死亡、2003年にも自動車爆発の対象となる。2010年10月撮影。

また、筆者がエジプトのカイロで出会った、カイロのアイン・シャムス大学で現代ヘブライ語を学ぶアレクサンドリア出身のエジプト人はこう述べる。

「もちろん私はエジプト人として、平和条約を結び外交関係を有するイスラエルに入国することができる。自分としてもインターネットで知り合ったたくさんのユダヤ系、アラブ系イスラエル人の友人がいるし、是が非でも訪れてみたい。しかし残念ながらイスラエルに入国した後、エジプトに戻ってくる際、高い確率でエジプト政府からスパイ容疑をかけられるため、現実には困難と言わざるを得ない」

「ヘブライ語を学ぶエジプト人としてあなたに一つ忠告させて下さい。

ここカイロの公共の場所ではヘブライ語を話さないで下さい。エジプト人はヘブライ語の意味は分からなくても、言葉の響きでヘブライ語であると認識できます。法律上問題はないのですが、トラブルを招く恐れがあります」

筆者の体験談も一つ。二〇一六年春にギザのピラミッドに入場する際、学割を受けようと思い留学先のヘブライ大学の学生証を提出した。すると、担当者はそこに書いてある文字を見て「これは『あの国』のものだから」と突っぱね、同行者三人中筆者のみが通常料金を払わされた。

イスラエル人のイランに対する印象はどうなのだろうか。筆者は留学前、両国の政府間関係を反映してネガティヴなイメージが多いのだろうと思っていたが、留学中はそのことを覆すような経験が多かった。たとえば筆者のユダヤ系イスラエル人の友人で、中東楽器の販売をエルサレムの実店舗及びインターネット上で営んでいる者がいる。イランからの楽器の輸入は第三国（通常トルコ）を経由して行っている。当然その分割高になってしまうのだが、それでもイスラエル国内及び海外からの注文が多く、飛ぶように売れて仕入れが間に合わないこともある。筆者の友人に中東系が多いせいもあるが、ユダヤ系イスラエル人の友人に「イランに行ったことがある」とカミングアウト(?)する際も概して肯定的な反応が多い。「自分たちはいつ行けるようになるのか分からないが、いつか是非とも行ってみたい」というのが大多数で、音楽や文化に興味のあるイスラエル人にそれを言うと、嫉妬と羨望で身もちぎれんばかりに身悶えすることもある。一度冗談で、「（イスラエル人を羨ましがらせる）反ユダヤ主義者め！　お前とはもう付き合わん！」などと言われたこともある。

しかしながら、これは筆者が外国人かつ異教徒で、友人に中東系の若者が多いという事情を勘案するべきだろう。本書を読み進めて頂ければ、読者諸賢はこの件についてダリア自身が経験したことを聞くことになる。

それでは、まずは革命前のイランについて語ってもらおう。なお、聞き取りは単語レヴェルのペルシャ語を除き、ほぼ全てヘブライ語で行われた。

二　革命前のイランに生まれて

1　エスファハーンとユダヤ人

辻：それでは早速始めていきたいと思います。ダリアはエスファハーンで生まれ、そこで育ったんですよね。エスファハーンと聞いたら、何を思い出しますか？

写真7　ザーヤンデ川にかかるハージュ橋。2007年3月撮影。

ダリア：エスファハーンの中心を東西に流れるザーヤンデ川と、そこにかかる橋、特にスィー・オ・セ橋やハージュ橋ですね。あとはシャー広場、今はホメイニー広場となっていますが、そこで母と一緒に訪れた際に買った手書きのミニアチュール（細密画）を思い出しますね。パリにいる兄のために買って送ったのですが、実に見事なものでした。その細密画を扱っている店だけではなくて、他にも芸術品がたくさんあってそこの雰囲気が大好きでした。

辻：エスファハーンは一六世紀末からサファヴィー朝の首都として栄えた古都ですよね。エスファハーンの個性というものは、たとえばテヘランと比べてどうでしょう？

写真 8　エマーム広場（革命前はシャー広場と呼ばれていた）。2007 年 3 月撮影。

ダリア：テヘランとの対比でいうと、エスファハーンは大変保守的と言えます。それとは対照的に、一八世紀末から始まったガージャール朝から現在に至るまで首都の座にあるテヘランは、先進的・開放的・近代的だと言えますね。ユダヤ人やムスリムの違いを問わず、エスファハーンはあらゆる意味で保守的です。また、エスファハーンの人は痛烈な皮肉――聞いた人が黙ってしまって何も言えなくなるような――そういうものを得意としています。それにまつわるジョークもすごく多いですよ。

辻：エスファハーンのユダヤ人が住んでいた地区について教えてもらえますか？

ダリア：エスファハーンには、ジョルファーというアルメニア人・キリスト教徒地区があるように、ジュイバーレという古いユダヤ人地区があります。「ジュイバーレ」というのはムスリムの呼び方で、ユダヤ人は伝統的には「マハッレ」と呼んでいて、私の母もそう呼んでいました。私たちはユダヤ人ですが、そこには住んだことはありません。私たちの家庭の隣人はムスリムが多く、関係も良好でした。そのような混住地域はヒヤーバーンと言いますが、当時のジュイバーレとヒヤーバーンでは、ヒヤーバーンの方が住むのは簡単でした。というのも、ジュイバーレには一部にムスリムも住んでいるのですが、彼らはどちらかというと宗教的に極端な考え方をしていました。ジュイバーレの方がいざこざも多かったように思えます。ちなみにテヘランの南の方にも同じくユダヤ人地区がありますね。そこはサーレチャールと呼ばれています。

辻：ジュイバーレに住んでいるユダヤ人との交渉はあったんでしょうか？

ダリア：もちろんありました。コミュニティー自体がそんなに大きなものではないのでエスファハーンのユダヤ人は皆お互いに知り合いでした。

辻：当時のユダヤ人は主にどのような産業に従事していましたか？　また、他の民族で特定の職業に多く従事しているというようなことはありましたか？　テヘランの絨毯屋にはユダヤ人やアルメニア人が多かった［五十嵐 一九七九：九四］と聞きましたが。

ダリア：ユダヤ人の大多数は小売業の店主や商業に従事していましたが、教師、医者、技師、音楽家もいました。エスファハーンでは音楽に関してはアルメニア人が有名で、彼らは楽器職人であり、演奏家でした。彼らの住むジョルファー地区は音楽活動の中心の一つでもあり、合唱も盛んに行われていました。絨毯屋に関しては、エスファハーンではムスリムの店主がほとんどでしたね。あと、エスファハーンのユダヤ人の店ではアンティークのユダヤ教の祭具が有名です。ユダヤ人の店ではユダヤ教の祭具も日用品もまとめて同じ店に置いてあったりするのですが、ムスリムも頻繁に利用していました。ユダヤ人はユダヤ人の店で、ムスリムはムスリムの店で、という経済上の棲み分けがあったわけではありません。

辻：革命前のイランは欧米との関係が大変良かったわけですが、当時のエスファハーンにはイラン人以外もたくさんいましたか？

ダリア：もちろんです。世界中から旅行者が来ましたし、私の父はそのような人たちを家に泊めてあげたりしました。ユダヤ人も、ユダヤ人以外でも。旅行者以外にも、アフガニスタンやパキスタンから出稼ぎの労働者が来ていて建設業に携わって、故国の家族に送金をしていました。だいぶ後になってから知ったのですが、イスラエルの企業もたくさん来ていました。その時来たイスラエル人と結婚してイスラエルに行ったユダヤ人女性もたくさんいます

2　家族・学校・言語

辻：家系や家族について教えてもらえますか。パジャンド家は代々イランの地にいたのですか？

ダリア：私が直接に知っているのは祖父母の代までです。家系写真等は作っていません。母の父、つまり私の母方の祖父は薬を扱っていたようです。といっても近代的な薬学ではなく、民間療法、代替療法のようなものです。祖父母の代にはすでにエスファハーンに辿り着いたと聞いています。父方の祖父母も母方の祖父母もエスファハーンでパジャンドという名字なのですが、実はこれは父方の祖父が採用したものなのです。それ以前は別の姓、ナッサーブザーデを名乗っていました。ヘンナ（インドや中東で結婚式等の儀式で使用される染料）の粉を作る仕事に昔は従事していたのですね。でもいずれにせよペルシャ語の姓なので、ペルシャ系なのは間違いないですね。また、パジャンドという姓のユダヤ人は私たちの家族だけです。

辻：家族構成を教えてもらっていいですか。何人きょうだいですか？　また、おうちはどれくらいの大きさでしたか？

ダリア：全部で八人です。女三人、男五人で私は七番目の子どもで、弟が一人います。一番多い時で家族は全員で一〇人ですね。家はとても小さかったですね。中庭、トイレ、風呂、キッチン、物干しスペースや屋上が共同で、中庭に面して五家族が五つの部屋に暮らしていました。大変でしたね。

写真9　幼少時のダリアと姉。ダリア・パジャンドより提供して頂いた。エスファハーン、1960年代。

辻：お父さんのお仕事は？

ダリア：布や生地の行商人でした。自転車に乗ってエスファハーン近郊の村々に売りに行っていました。顧客はそこそこいたようです。しかしその後、アリアンス[2]のヘブライ語教師になりました。父はそれ以前、子どもの頃から『マクタブ』という寺子屋のようなところでヘブライ語を学んでいたのです。私も兄も父が教えているアリアンスの学校で学びましたし、他のきょうだいも弟以外全員がアリアンスで学びました。

辻：アリアンスの学校で教えるようになって、以前よりも給料は良くなりましたか？

ダリア：それがほとんど変わらず、相変わらず雀の涙だったようです。アリアンスで教えるだけではとても生活ができなくて、家庭教師もせざるを得ませんでした。母がいつも「これだけの給料でどうやって八人もの子どもを育てていけばいいの？」と言っていたのを覚えています。家庭教師も、他のユダヤ人も裕福ではなかったのであまり支払いが良くなく、時に無償で聖書を教えたり、同じく無償でバル・ミツヴァ（ユダヤ教の成人儀礼）のための準備も手伝っていたようです。

写真 10　エルサレムの嘆きの壁でバル・ミツヴァを行っている様子。2010 年 8 月撮影。

辻：アリアンスのことをもう少し詳しく教えてもらってもいいですか？

ダリア：ええ。私は一年生から四年生までアリアンスに在籍していました。学校ではフランスから派遣されているフランス人の先生がフランス語を、現地イランのユダヤ人の先生がヘブライ語を、現地イランのムスリムの先生がペルシャ語と一般科目を教えてくれました。分かりやすくいうと、普通のムスリムの子が習う内容に、フランス語とヘブライ語を足したものです。学校では昼にチョコレートなどのおやつをもらったり、経済的に困っている生徒には無料でご飯もあげていました。確か服も必要であれば無料で配っていたと記憶しています。私は四年生までしか行きませんでしたが、私の姉や兄は高等学校卒業にあたる一二年間の全期間をアリアンスで学んだ者もいます。彼らはさすがに一二年間フランス語を学んだだけあって、フランス語がすごく流暢です。

辻：ユダヤ系の学校でもムスリムの先生が教えていたんですね。

ダリア：そうです。あくまでも政府の管轄下ですからね。ムスリムの学校で習うものと全く同じ教科書、内容です。また、フランス人の先生はユダヤ人もいれば、ユダヤ人ではない者もいました。

辻：ユダヤ人ではない先生もいたんですね。アリアンスは基本的に現地ユダヤ人の地位と役割の向上を目的とするため、シオニズムやイスラエルへの移住には積極的ではないと聞いていますが、そのあたりはどうでしたか？

ダリア：実は、私は一九七二年のミュンヘン・オリンピック事件[3]が起きるまで、イスラエルという国があることを知らなかったのです。その時期にようやく我が家もテレビを購入したのですが、テレビでこのニュースを見て初めて、イスラエルという「ユダヤ人の国」があると知って驚いたものです。アリアンスではシオニズムどころかイスラエルという国が存在するということも教えていませんでした。

辻：それは驚きです。イスラエルへ移住しようという動きはその頃のイランにはなかったのですか？

ダリア：ありました。アリアンスの近くで「ハルーツ（ヘブライ語でイスラエルの地の開拓者の意）」という組織があったのですが、この組織が今にして思えばイスラエルへの移住を奨励していたのですね。当時の私は彼らが何を言い何をやっているのかが分からなかったのですから当然ですね。

辻：アリアンスは中東各地のユダヤ人にとって、近代世界や西欧の窓口の役割を果たしたと聞いていますが、実際はどうだったんでしょうか？

ダリア：窓口というより入り口ですね。さっき言ったように私の兄もアリアンスで一二年間学んだのですが、そのおかげで二〇歳の頃に留学のため渡仏し、それ以来ずっとパリにいます。学位もフランス語で取って、現在はガイドとストリートチルドレンの教育に携わっています。

辻：この前、あなたの誕生日にサプライズでテルアヴィヴ―パリの往復航空券と、シャジャリアーン[4]のパリ公演のチケットをプレゼントしてくれたお兄さん？

ダリア：そうです。あの日は夢のような一日でした……。公演の後、出待ちをして勇気を出して話しかけてみたら本当に謙虚な人で、イスラエルから来たことを伝えると、「私たちはイランでもイスラエルでも会うことはできないけど、フランスで会うことができて本当に嬉しい」と言ってくれました。

辻：ヘブライ語はアリアンスで初めて習ったのですか？

ダリア：いえ、アリアンスに入る前に父が家庭で歌などを歌ったりして教えてくれていました。ヘブライ語のアルファベットも、入学前から知っていました。読むのも難しくなかったし、語学自体が好きだったのでヘブライ語の勉強は苦じゃなかったですね。

辻：当時のエスファハーンのユダヤ人とヘブライ語学習の状況について教えてもらってもいいですか？

ダリア：やっぱりユダヤ人にとってヘブライ語は聖なる言語だったので、皆学びたがっていましたね。毎日の宗教儀礼のために必要ですからね。先に述べたように、近代的・開放的なテヘランと違って、ユダヤ教徒・ムスリムを問わずエスファハーンは保守的な土地柄だったことが関係しているかも知れません。全員とは言いませんが、当時のエスファハーンでは大多数の人がヘブライ語で祈ることができました。でも、たとえば私の母は学校を出ていないので、ヘブフイ語も、またペルシャ語の読み書きもできませんでした。

辻：お母さんの母語はユダヤ・ペルシャ語？

ダリア：そうです。私たちは「ジュフーディー」と呼んでいます。ムスリムのペルシャ語とは少し違います。

辻：ムスリムはユダヤ人のペルシャ語を聞いて、「これを喋っているのはユダヤ人だ」と分かるのですか？

ダリア：ええ。ユダヤ人どうしで喋る場合は、それを聞いている第三者のムスリムが、喋っている人をユダヤ人だと識別することができます。しかし、私は先に言ったようにヒヤーバーンという混住地区に住んでいましたから、言語によってユダヤ人だと分からないような喋り方、つまり完全にムスリムのような喋り方もできます。でも、たとえばジュイバーレにずっと住んでいる高齢者のような、普段からムスリム社会と関わることをあまりせず、人間関係と生活が全てユダヤ人の間で完結する生活をしている人はムスリムのペルシャ語を真似ることは困難です。

3　ムスリムの学校に編入

ダリア：アリアンスには四年生までいました。その後、これからは英語の方が大事になるから」と言う父親の勧めで、五年生から一般の学校、つまりムスリムが多数の学校に編入しました。もちろん男女別です。

辻：一クラスの規模はどれくらいで、非ムスリムはどれくらいの割合がいたのですか？

ダリア：割合は多くないですね。大体一クラスが一八〜二五人でしたが、一クラスにユダヤ人一人、バハーイー教徒[5]一人、アルメニア人一人、と言ったところでしょうか。私はアリアンスにいた頃は成績優秀だったのですが、五年生で一般の学校に編入した時、授業内容やクラス・学校の雰囲気があまりにも違いすぎてつまずきました。そこの学校ではじめて、ムスリムの社会、マジョリティの社会というものを体験したのです。それまでも家の近くにムスリムの遊び友達はいてよく遊んでいたのですが、大多数がムスリム、という集団に放り込まれるのは初めてのことでした。

辻：その学校に編入した時に一番印象的だったことは何ですか？

ダリア：アリアンスと比べて、かなりオープンで開放的だったことですね。富裕層の子どもも同じクラスにいたのですが、彼らは特にオープンだったように思います。

辻：ムスリム社会の方がはるかにオープンで近代的だったんですね。

ダリア：ええ。その頃、テヘランなんかではもっと盛んだったと思いますが、アメリカ式のパーティーもたくさん開かれていたんです。エスファハーンにもその流行の波がきていたんですが、女友達に誘われて断りきれず私も一度だけ参加したことがあります。会場に入って驚いて目が点になりました。男女が一緒にタンゴか何かを踊っていたり、アルコールが出されていたりと、恐ろしくて恐ろしくて私はずっと隅の方でぶるぶる震えていました。そんな恐ろしい集会に行ったのは一度きりです。

辻：それは私にとっても恐ろしいものです。

ダリア：この学校に入って、初めて「反抗」をしました。初めて、ムスリムの友人の家に泊まりで遊びに行ったのです。今までそんな経験はしたことがなかったし、アリアンスにいた頃には考えもつきませんでした。ムスリムの友人の家に訪ねるのは構わないんですね。でも泊まるのは意味が違います。滞在時間が長くなれば長くなるほど、コシェル（ユダヤ教の宗教法に則った清浄な食事）でないものを食べる危険が高まりますからね。

辻：その頃のエスファハーンのユダヤ人は皆コシェルを守っていましたか？

ダリア：実際は守っていない人もたくさんいましたね。テヘランほどではないと思いますが、エスファハーンにもそのような風潮が広まっていました。我が家では伝統を守っていて、コシェルだけでなく安息日やその他の戒めも守っていましたね。

辻：その「反抗」の時の両親の反応はどんなものでしたか？

ダリア：初めの方は到底受け入れられることではない、という感じでした。私の身が危険であるとかそういうのではなく、貞節に関わる事件として捉えられました。あってはならないことですが、仮にその時に私の貞操が脅かされるようなことがあればそれは死に等しいものとして考えられていました。それでも私がこの「反抗」を行ったのは、誘ってくれた友人とその家族を喜ばせたくてしたのです。

辻：なるほど。その、女性が女友達のところに遊びに行ってそのまま泊まるというのは、ムスリム社会では普通のことだったのですか？

ダリア：いいえ、当時一般的にはそれほど普通のことではないと記憶しています。しかし、近代的・啓蒙的な考え方を持った人や医者など上流階級の人の間ではよく行われていました。

4　差別・反ユダヤ主義

辻：子どもの頃にユダヤ人であるという理由で苦労したことはありますか？

ダリア：私がユダヤ人であること、またユダヤ人に対する差別を強烈に感じた出来事があります。あれは確か六歳の頃だったと思います。私は母の言いつけで買い物に行かされていました。ムスリムの八百屋でトマトを買おうとして、山積みになっているトマトを取ろうとした瞬間、店の主人が「触るな！」と言いました。「俺が選ぶ。お前はユダヤ人だから触ると穢れる」と言い、トマトを取り、私に触れないですむよう、トマトを入れた袋を木の棒にぶら下げて私に渡しました。その時はわけが分かりませんでした。今でもよく覚えています。

辻：そのような差別は頻繁にあったのですか？

ダリア：頻繁というわけではありませんが、少なくとも私より上の世代の人は皆一度はそのような目に、あるいはもっと酷い目にあっていると思います。誤解して欲しくないのですが、これはかなり例外的なことです。

辻：差別や反ユダヤ主義についてもう少し詳しく教えて下さい。ヨーロッパで中世以来盛んだった血の中傷[6]は当時のイランにもありましたか？

ダリア：血の中傷は一部の狂信的なムスリムは信じていました。けれども、その話自体は皆聞いていてなんとなくは知っていましたね。一般のムスリムの学校に移ってからその話はたびたび聞かされました。私の周りの友人は「なんて馬鹿げた話だ！」と言ってくれ、信じていませんでしたが。

辻：なるほど。イラン革命前の他の宗教的少数派、アルメニア人、バハーイー教徒やゾロアスター教徒に対する差別はどうでしょうか？

ダリア：バハーイー教徒に関しては、革命前と革命後では全く事情が変わります。私はバハーイー教徒ではないので完全には分かりませんが、社会の雰囲気としてそんなに問題ではなかったように思います。そもそも革命前はバハーイー教徒であると公言できましたしね。アルメニア人、つまりキリスト教徒に関しては、程度としてユダヤ人ほどではなかったと思います。ゾロアスター教徒の隣人もいましたが、革命前も革命後も特に大きな問題ではありませんでした。

辻：そうだったのですね。革命後の話はまた後に伺うことにしましょう。他に何か印象的だったことはありますか？

ダリア：興味深い事例があります。ユダヤ人がムスリムに改宗する時、これは大体ムスリムとユダヤ人が結婚する際に行われることが多いのですが、「ターゲ・ノスラット」という催し物をします。「ターゲ・ノスラット」とは本来、シャーの誕生日や戴冠式に行われるものです。道には色とりどりの照明を掲げたり様々な装飾を施し、屋根に登ってロケット花火を打ち上げたり……。

辻：それはよくあることだったのですか？

ダリア：いえ、そんなに頻繁にあったわけではありません。私が実際に見たことがあるのは四、五回くらいですね。

辻：その四、五回はユダヤ人男性とムスリム女性の結婚だったのでしょうか？　一般的に、規範的なスンナ派イスラーム法の理解では、ムスリム男性と啓典の民（ユダヤ教徒・キリスト教徒）の女性との結婚の場合、女性は改宗を要求されないというものだと思いますが。

ダリア：それが実はほぼ全員ムスリム男性とユダヤ人女性の結婚で、ユダヤ人女性のイスラームへの改宗なのです。私が実際に見聞きしたものは、全てユダヤ人女性の改宗でした。当時のイランでは、夫婦の宗教が違うというのは社会的に受け入れられませんでした。

5　音楽

辻：音楽について質問してもいいですか？　音楽に関することで、一番初めに記憶に残っていることは何でしょうか？

ダリア：私が四歳か五歳の時に、ラジオが我が家にやって来たことです。当時はあんまりお金がなかったのですが、それでもそのラジオはとても印象に残っています。毎日……、そう、毎日一二時から午後四時まで「ゴルハー」という番組が流れていて、そこでペルシャ古典音楽を知ったのです。本当に毎日聴いていました。それと、姉の歌です。私の六歳上の姉は歌を歌うのが大好きで、その番組が終わった後もずっと口ずさんでいました。そうした姉の影響で私も歌が好きになりました。姉のその趣味は、その後の私の人生にとってどれほどの意味を持ったことか……。

辻：そのあたりからあなた自身も歌を歌い始めた？

ダリア：六歳の時にマイクを手にして家の中で歌ったのを覚えています。七歳から学校が始まったのですが、その時までにグーグーシュ（革命前の人気ポピュラー歌手）を歌っていました。学校では、毎回授業後に先生に言われて、皆の前で一人で歌っていました。姉も同じことをしていたそうです。

辻：家族の他の人は音楽が好きだったのですか？

ダリア：父方の叔父にヴァイオリン弾きがいましたが、父はそれほど音楽を奨励していたわけではありませんでした。私の父自身は学があったのですが、二人の叔父はそれほどでもなく、商売に携わっていたのも関係していたのかも知れません。それでもヘブライ語を教えてくれる時に歌を通して教えてくれましたけど。

辻：ピユート（ユダヤ教の賛美歌・準典礼歌）は教えてくれましたか？　また、ユダヤ人だけのメロディーや音楽というのはあるのでしょうか？　昔の祈禱書や典礼書には、シリアやトルコのもののようにダーストガー（ペルシャ古典音楽理論における「旋法」のようなもの）の指定が書いてある［Netser, 1984: 171］と聞きましたが。

ダリア：ピユートは歌ってくれたような気はしますが、どうもあまり覚えていません。メロディーに関しては、ユダヤ人の間だけで歌われるメロディーがありますね。たとえばシュール（旋法の一つ）の「レハー・ドディー」なんかはそうです。もちろんそのメロディーはペルシャ古典音楽の理論で説明できるもので、ムスリムのものと全く別の音楽、というものではありません。余談ですが、エスファハーンのシナゴーグでは聖書の朗読はセガー（旋法の一つ）で、大贖罪日の典礼歌その他はフマーユーン（旋法の一つ）で行います。私の子どもの頃の音楽の思い出はペルシャ古典音楽ばっかりですね。うちの父はそうだったのですが、今もイランに残っている姉の家族は、その姉が歌が大好きだったせいか音楽が好きですね。姉の子どもはダフ（主に民謡で使われる打楽器）、ザルブ（主に古典で使われる打楽器。トンバクとも）、ギター、歌をします。ダフを叩く私の甥はキャムキャラーン[7]のビジャーン・キャムキャルに習ったのよ！

辻：それはすごいですね。ユダヤ人とムスリムでは音楽に対する興味や好みが違ったりしますか？　ユダヤ人と音楽の結びつきは強く、シーラーズ（イラン南部の都市）では一時期ユダヤ人の一割が音楽家だったとも読んだことがあります［Netser, 1984:167］。

ダリア：もちろん。まずムスリムにとっては、音楽はハラーム（禁止）という意識が強く、イランでは音楽家の地位は高くありませんでした。でも音楽は必要ですから、歴史的には異教徒のユダヤ人やアルメニア人の音楽家の割合が、ムスリムのそれよりも高かったのです。私たちユダヤ人は宮廷音楽家がたくさんいたため、より古典音楽に親しみを感じていました。私たちはペルシャ古典音楽の保存・継承に携わってきたという意識と誇りがありますね。アボー・ル・ハサン・サバー[8]は「ユダヤ人がいなければ今のペルシャ古典音楽はない」と言っていたと聞いたことがあります。実は彼の祖父はムスリムに改宗したユダヤ人なのです。当時はほとんど知られてなかったと思いますが、今は時が経って研究者もいますからね……。彼の家系の元々の名字は「セッディーキー」と言います。

辻：ユダヤ人とムスリムの音楽に対する好みや取り組みの違いは、イランで近代化が始まってからはどうですか？

ダリア：基本的にユダヤ人は古典音楽に親しみがあって、ムスリムは西洋志向という感じでしたね。ムスリムの方がより西洋的でオープンでした。彼らの大多数はペルシャ古典音楽なんて古臭いものに興味なく、極少数が従事しているという印象でした。もちろん革命前にもムスリムで偉大な音楽家はたくさんいました。シャジャリアーンなんかもシーラーズの音楽フェスティヴァルで歌ったりと、古典音楽のリヴァイヴァルを行っていましたが、それでもムスリムの大多数の興味は西洋式のポピュラー音楽にありました。

三　革命、戦争、そして脱出

1　革命

辻：イラン革命前夜とも言える、一九七八年の状況についてお尋ねしたいと思います。

ダリア：その時私は一五歳で、一般の、つまりムスリムの学校に通っていました。そうですね……大体半年前、つまり一九七八年の夏くらいから、毎日午後六時くらいには――その時間から外出禁止令が出ていたのです――ムスリムの市民が屋根に登って「アッラーフアクバル（アッラーフは偉大なり）」と叫び、「シャーに死を、シャーに死を」と唱えていましたね。

辻：その時騒いでいたのはムスリムだけだったのですか？

ダリア：ほとんどそうだったように記憶しています。基本的にユダヤ人を含む宗教マイノリティーはシャー派ですね。私たちユダヤ人はシナゴーグで状況を逐一報告しあっていました。その時の革命歌はマーフール（旋法の一つ）が多かったですね。

辻：いつ頃から、そのような大きな動きを感じ始めたのでしょうか？

ダリア：今思い返せば、学校で一五歳、一六歳くらいの、私と同じくらいの娘たちが共産主義について話しているのを聞いた時からかも知れません。初めて聞く思想でした。彼女たちはその後投獄されることになるのですが、後に革命へと繋がる動きは、大学、共産主義者から始まったように感じました。体制の変換を求める人たちは、共産主義者、学生、モジャーヘディーン（イスラーム社会主義勢力）たち。モジャーヘディーンにはクルド人が多かったですね。当時は今何が起こっているのか、これからどうなるのか、全然分かりませんでした。行進やデモが毎日起こって、いつも緊張して危険な感じがしていました。

辻：最終的にホメイニーを中心とするイスラーム革命となるのはもっと後のことなんですね？

ダリア：ええ。だからこそ最初期は共産主義者が目立っていて、イスラーム政権ができるとは思ってもいませんでした。それでも、その時期でもムスリムの隣人で極端な人は「お前たちユダヤ教徒はみんなムスリムになるぞ」と私たち家族に言っていたものです。

辻：ホメイニーがイランに帰ってきた時はどうしていましたか？

ダリア：今までもそうでしたが、極力外に出ないようにして鍵をかけて閉じこもり、武器になりそうなものを集めました。今でも忘れられないことがあります。私たちが住んでいたエスファハーンの住居は中庭を共有していて、それを囲む形で各家庭があるのですが、隣がバハーイー教徒の集会所のようなものでした。ある日の未明、ホメイニーが帰還してから二か月後くらいだったと思います。夜明け前だったでしょうか、バスィージ（イラン革命防衛隊参加の民兵組織）が突如として私たちの中庭に入り込んできました。そしてバハーイー教徒の集会所の扉を開け、その後、数発の銃声が聞こえてきました。私たちは怖くて何もできず、家の外に出て何が起こったかを確認することもできませんでした。今でもそのことはずっと覚えています。

辻：バハーイー教徒の立場はその当時それほど危うかったのですね？

ダリア：ええ。バハーイー教徒たちはその時期皆ムスリムのふりをしていました。その時期に「私はバハーイー教徒である」と身を明かすことは相当なことでした。アメリカに亡命したイランのバハーイー教徒たちは今もその素性を隠していますね。成功した人たち、たとえば有名な音楽家たちもそうです。Mさんの名前は聞いたことがありますね？　あの人もそうです。これは念のため名前を伏せて下さい。

辻：そうだったのですね。ユダヤ人や他の宗教的マイノリティーにとってはどうだったのでしょうか？

ダリア：ホメイニーが帰ってきて、彼は同じ「啓典の民」としてユダヤ教徒とキリスト教徒の身の安全を保証しました。自分はユダヤ人であると言うのは、バハーイー教徒ほどには危険ではなかったのですが、周りのユダヤ人やムスリムの友人にも「ムスリムのふりをしろ」と言われましたね。私は外見的にはあまりユダヤ人らしくないので、それもあったのだと思います。ゾロアスター教徒に関してはよく覚えていませんが、彼らに関しても、少なくともバハーイー教徒のような酷い扱いは受けていないと記憶しています。キリスト教徒もそんなに問題ありませんでした。

写真11　ダリアがいつも作ってくれるペルシャ料理、チェロウ（米）とタハ・ディーグ（ペルシャ語で「鍋底」の意）。おこげと鍋の底にしかれたジャガイモが特徴。2016年11月撮影。

辻：なるほど。ホメイニーが啓典の民の安全を保証した後に、ユダヤ人に対する扱い、たとえば差別や反ユダヤ主義は改善されたりしましたか？

ダリア：それがそうでもないのです。反ユダヤ主義者はホメイニーが何を言っても反ユダヤ主義者で、特に変わりませんでした。

辻：その頃の生活状況はどうなったのでしょう。たとえば食糧は十分にありましたか？

ダリア：いえ、統制が始まりました。革命後しばらくして、食糧や生活必需品の入手は全て協同組合を通さなければならないことになりました。協同組合が一家族あたりの人数に従って決まった数のクーポンを渡し、それを使って手に入れるシステムです。配給ですね。その状況は、私がイランにいる間中ずっと続きました。

辻：となると、コシェルの問題が出てきたりはしませんか？　ヨーロッパ系のユダヤ人で厳格に宗教規定を守っている人だと、異教徒からもらったパンや、同じく異教徒が注いだワインもコシェルではなくなってしまいますが。

ダリア：いえ、それは大丈夫でした。クーポンで手に入れるのは基本的に肉以外です。肉は革命前も後もシナゴーグ近くにある、ユダヤ教徒経営の肉屋で買っていました。ムスリムとは違う方法で宗教的に適法な屠殺をした肉ですね。そして私たちイランのユダヤ人は異教徒であるムスリムが作って売っていたパンでも問題なくコシェルとして消費できます。

辻：そうだったのですね。「異教徒のパン」を合法とするのはイエメンやその他の地域でもありますよね。その革命前後の時期にイスラエルやアメリカへの脱出は考えましたか？

ダリア：テヘランではその時期に大規模なイスラエル及びアメリカへの亡命の動きがありました。まだ飛行機があって脱出できる段階で、事態がどうなるか分からないから念のために動けるうちに動こう、という考えだったようです。私たちは特に考えませんでした。そもそもお金がなかったので。でも一九七九年一一月のアメリカ大使館占拠事件の後に国境が封鎖されて動けなくなり、その段階で私の父も本格的な危険を感じるようになりました。

2　戦争と結婚

辻：一九七九年二月にホメイニーがフランスから帰国し、一一月にはアメリカ大使館の占拠。その約一年後、一九八〇年の九月にイラン・イラク戦争が勃発します。エスファハーンでは戦争が始まったこの時期はどのような状況でしたか？

ダリア：戦争はいきなり始まったような印象を受けました。もう大変でしたね。私はその時は学校に通っていたのですが、三、四か月は学校も休みになりました。革命前後も身の危険や恐怖を感じていたのですが、戦争が始まってからはまた別の種類の恐怖を感じるようになりました。いつどこで爆撃されるか分からないという恐怖ですね。シェルターなんて全くありませんでしたから、逃げるところなんてありません。その頃はマーフール（前出）の軍歌ばかりが流れていました。初めのうちはどれだけ戦争が続くのか全く分かりませんでしたが、時が経つにつれて地方に疎開する人も出てきました。

辻：二〇一四年夏のガザ侵攻の時、エルサレムのダリア宅のベランダで、ガザからのロケットをイスラエル軍の迎撃システムが空中で撃ち落としたのを一緒に見たのを思い出しました。このイラン・イラク戦争の最中にダリアは結婚したんですよね。まずは当時のイランの結婚事情について話してもらってもいいですか？

写真12 エルサレムのダリア宅で聞き取りを行っているときのひとコマ。2016年11月撮影。

ダリア：はい。基本的には同じ宗教の人どうしですね。ユダヤ人の場合、前にも言ったようにコミュニティーの規模が大きくないので、皆が皆お互い顔見知りであると思って下さい。従って、仲人も必要ありません。エスファハーンは保守的な土地柄だということも思い出して下さい。男性は女性を見初めて声をかける、つまり選択することができるのですが、女性にはその権利はありませんでした。女性の方から「この人がいい」と声をかけることはできなかったのですね。

辻：なるほど。男性の方から声をかけておしゃべりするところから始まるのですね？

ダリア：そうです。ですが、結婚の前に交際を始めることは禁じられています。ただ、子どもが付き添いについてどこか遠くないところに出かけるということは可能でした。子どもが見張りの役目をして、どこに行って何をしたか、帰ってから両親に報告するのですね。その後男性が、この女性と結婚したい、となれば両親に許可をもらいにいくことになります。また、ムスリムとユダヤ人であるとに関わらず処女であることは大変重要視されました。

辻：イランでの事情がよく分かりました。パリにお兄さんがいますよね。お兄さんは誰と結婚したのですか？

ダリア：パリにいる兄はキリスト教徒の女性と結婚したのです。キリスト教徒といっても世俗化されていますが。

それでも父はそのことについてかなり苦しんだようです。母親がユダヤ人ではないので、子どもも自動的にユダヤ人ではなくなってしまいますからね。最終的には兄が押し切るかたちで結婚に踏み切りました。兄も兄嫁も特に宗教は変えていません。

辻：お兄さんはどっぷりと西洋の価値観を身につけたのですね。イランで他に何か特徴的なことはありますか？

ダリア：イランのユダヤ人は毎週の安息日明け、つまり土曜日の日没後に外に出て若い男女――そうですね大体一六歳からです――が出会う社交のような慣習を持っていました。パルケファラハと言います。エスファハーンではザーヤンデ川沿いやスィ・オ・セ橋のあたりで若い男女が着飾ってぶらぶらと歩いていました。イスラエルでもペルシャ系のユダヤ人が安息日明けに同じようなことをしているのを見て面白いと思ったことがあります。

辻：ダリアの話に戻りましょう。ダリアが結婚したのは何歳でしたか？

ダリア：二二歳でした。革命から三、四年経っていましたね。その頃私は一二年間の学業を終え、病院に勤務して秘書のようなことをしていました。エスファハーンにはユダヤ人の医師がたくさんいましたから。戦争の話と密接に関わっているのですが、私の結婚式の日の夜に空襲警報が鳴り、爆撃が始まりました。エスファハーンで空襲警報を聞いたのはその時が初めてですごく驚きました。戦争はそれまでにもう何年も続いていましたが、戦火自体はエスファハーンに及んでいませんでした。その状況がついに変わったのです。翌朝外に出てみると、エスファハーン市内の各地で煙が上がっているのが見えました。空襲は何日か続きました。それをきっかけに、みんな郊外に避難したり、もっと遠くへ疎開したりし始めました。でも私たちはエスファハーンに留まりました。父親がその時期に病気で入院していたこともあり、家族みんなで一緒にいました。その方が怖くありませんでしたから……。空襲からさんざん逃げまわってイスラエルまで逃げてきたけど、残念ながら時々同じような状況になりますね。それでもイランにいる時の方が怖かったです。イスラエルでは少なくともシェルターはどこにでもありますからね。

辻：差し支えなければ結婚のきっかけや、そういったものを聞かせて下さい。

ダリア：結婚のきっかけは、夫の母が何か若い女性の集まりで私を見かけて、息子の嫁にぴったりだと思ったのがきっかけのようです。父が入院していたこともあって、父のためにも周囲の人たちは結婚を急かしたのです。そんなわけで二回ほどデートをしてみて、まずは婚約に至りました。話が出てから婚約まで二週間ほど、婚約から一か月ほどで正式に結婚しました。結婚後一年ほどで息子を授かりました。一九八六年二月中旬のことです。

3　脱出を決意する

辻：イランを脱出しようと思った最大のきっかけは何だったのでしょうか？

ダリア：やっぱり戦争ですね。具体的にどういうことかというと、徴兵です。基本的には一八歳以上の男性ですが、一四歳から一六歳の男の子たちもいましたね、彼らがどんどん徴兵されていきました。志願兵もたくさんいました。彼らはろくな軍事的訓練も施されないまま前線に送り込まれて、人間の盾として使われました。初めから死ぬ前提で、武器も与えずに使い捨ての「盾」として徴兵されたのです。私たちの隣人の息子にアミールという若者がいました。ホメイニーがイランに帰ってからイスラームに目覚め、敬虔なムスリムとして生きようと決意し、シーア派国家イランを脅かすイラクと戦うことがムスリムとしての自分の義務だと考えたのです。そのアミールもあっけなく戦死してしまいました。このままイランに留まっては、夫も同じ運命を辿ってしまい、親子で路頭に迷うことになってしまう。戦争が始まって六年ほどして、ついに夫のもとにも召集令状が届きました。この時に完全に決心しました。この戦争、具体的には徴兵ですが、これがなかったら私は今でもイランに残っていたと思います。

写真 13　エマーム広場（写真 8）内にあるチャイハーネ（茶屋）。チャイ（紅茶）や水タバコを提供。2007年 3 月撮影。

辻：そうだったのですね。決意してからのことを詳しく教えてください。

ダリア：一九八六年七月末から八月にかけてのことでした。ついに私たちはイランを脱出することに決めました。私と、夫と、生まれたばかりの息子の三人で、です。ルートは、ザーヘダーンという、パキスタン・アフガニスタン国境に近い都市を起点にするものです。当時のザーヘダーンは密輸と麻薬売買が盛んで、中央権力が十分に及んでおらず、だからこそ脱出のチャンスがありました。私たちは仲介人に頼んで、言われた通りザーヘダーンに行き、安宿で一泊しました。

辻：仲介人はどうやって知ったのですか？

ダリア：その時期はすでに脱出を手引きするビジネスが成立しており、実際に脱出成功した人が何人もいたのです。皆脱出の機会を窺っていて、環境が整った時のために連絡先を共有したりしていました。

辻：ここ数年のシリアのようですね。イラン脱出のルートは事前に知っていたのですか？

ダリア：はい。こう言うと妙な感じがしますが、ルートが決められているパック旅行のようなものと考えて下さい。さて、ザーヘダーンで一泊して、指定された時間と場所に行ったのですが、仲介人は現れず、しょうがなくエスファハーンに戻りました。エスファハーンに戻ってから一週間後にその仲介人から連絡があり、一週間前のことを詫び事情を説明してくれました。私たちが行った時は状況が悪く、バスィージ（前出）が目を光らせて不審者の尋問をしていたとのことです。私たちは納得して、再びザーヘダーンに向かいました。指定された粗末な、泥と藁でできた家に入れられました。そこには同じ境遇だと思われる二〇人から三〇人程度の人がいました。ほとんどがユダヤ人の男性で若者でしたが、老婆も一人だけいました。知っている人はそこにはいませんでした。子連れは誰もおらず、私たちだけです。

辻：仲介人とは実際に会ったのですか？

ダリア：私たちが頼った仲介人は、多分現地ザーヘダーン在住のバローチー人[9]だと思うのですが、ついに最後まで会うことはありませんでした。

4　闇に潜んで山を越える

ダリア：その後、午後九時頃に家から出ろと言われ、国境に向かって歩き始めました。二人のバローチー人が先導して闇の中を皆で進みます。電話で話した仲介人とは別のバローチー人のようでした。ザーヘダーンの街から離れ、山に登り始めます。闇の中なのでほとんど何も見えません。生まれたばかりの息子を背負って歩いていましたが、バローチー人が見かねて「俺にあずけろ」と言います。初めのうちはあずけるのが不安で断っていたのですが、ついに根負けしてあずけました。靴は一時間で破け、脚もクタクタになっていたからです。山の道は暗く細く、人一人がようやく通れるか通れないかのような道がたくさんありました。この山道で行方不明になった人も多くいたと聞いています。

辻：そのバローチー人は優しかったんですね。

ダリア：ええ。彼らは途中休憩の時、鶏を持ってきて捌いて皆にふるまってくれました。その後また闇の中の行軍です。バローチー人は「あの木が見えるか？　あそこが目的地だ」と何度も言って、私たちの気力を振り絞ろうとしました。実際にはそこは目的地などではなく、もっと遠かったのですが。山をいくつか越えたと思います。陽が昇ると、見つからないように身を潜めて、夜になるまで身体を休めました。暗くなるとまた動き始めました。丸二晩、歩きました。後から振り返れば、この山道が一番辛くて危なかったです。丸二晩歩いた末に、ついにパキスタンとの国境に到着しました。山の上に歩哨――といっても少年ですが――、がいて、通行料として賄賂を要求してきました。私たちはほぼ無一文に近かったので、これには大変困りました。バローチー人のガイドの「子連れだからどうか慈悲を」という口添えもあって、なんとか免除してもらえました。

辻：良かった。そうやって国境を越えてパキスタン領内に到着したんですね。

ダリア：国境を渡ったことに気づかず、気づいた時にはもうすでにパキスタン領内に入っていました。そこにはパキスタン側が手配していた軍用のジープがありました。窓もなくて少し変だと思いましたが、言われるままにそのジープに乗り込みました。ここまで連れてきてくれたバローチー人は、私たちをパキスタン側のパキスタン人のエージェントに引き渡したのち、軽快な足取りで帰っていきました。さすが現地の山の民だと思いましたね。ジープには確か丸一日ほど乗っていたと思います。恐怖や不安、疲労等がごちゃまぜで意識が朦朧としていました。

5　パキスタンからイスラエルへ

ダリア：そして名前の知らないとある村に着きました。極限状態でよく覚えていないのですが、黒ずくめの女性が何人かいた記憶があります。別のイラン人グループやパキスタン人グループもいたのですが、私が子連れだったことに驚いて、そして私の息子を見て喜んで一人が息子を手に取り、次々に別の人の手に回されていきました。その時は不安でしたが、皆純粋に喜んで息子を可愛がってくれていたようなので安心しました。そこにいたパキスタン人女性が、私たちの決死の山越えに対する激励のためか軟膏を足の裏に塗ってくれたのですが、それはものすごく効果がありましたね。二日間、その村にいました。

辻：そこの村の人もまさか子連れで険しい山を越えてくるイラン人がいるとは信じられなかったんですね。

ダリア：その村を発つ日、ブルカをかぶらされて、今度は普通の車に乗せられました。ブルカをかぶったことによって、外からだと私の目すら見えなくなったので、私が誰か全く分からないようになりました。大体丸一日かけてコベイテという町に着きました。ここでさらに数日間滞在したのですが、大変なことが起こりました。息子が発熱して下痢と嘔吐が止まらないようになってしまったのです。異国で、密入国者で、ろくにお金も持っていないのです。でも息子の命は何ものにも代え難いので、急いで息子を抱えて、夫とともに滞在先の安宿から駆け出し、人がたくさん集まっているところに行き、「ドクトール！」と叫びました。すると現地の人たちが「ここだ、ここだ」と言い、「入れ」と言ってくれました。そこに医者がいたのですが、私がペルシャ語を話しているのを聞いてイラン人だと分かり、「私も実はイラン人だ」と言いました。同じイラン出身と分かり、大変親身になってくれたのです。お金もなく、イランから脱出してきたばかりの私たちの境遇に同情してくれ、無料で息子を診てくれただけでなく、薬も処方してくれたのです。これには大変助かりました。

辻：その時ペルシャ語を話してイラン人だと分かると厄介なことになるかもしれないと知っていながら、息子さんが危険な状態だったためにどうしようもなかったけど、結果的にはそれが良かったのですね？

ダリア：ええ。あの時は本当に肝をつぶしました。数日後、コベイテからカラチへ向かいました。カラチには合計二日間ほど安宿に滞在しました。そこの安宿には私たちが到着する前に、私たちと同じルートでイランを脱出した二〇人くらいのユダヤ人とムスリムの若者がいて、日雇いの仕事に従事していました。彼らはアメリカなどへ渡るため、そのチャンスを待ちつつ日銭を稼いでいたのです。後にここにいたイラン人の全てがカラチからそれぞれの目的地への脱出に成功したと聞きました。そうそう、私の弟も私たちと同じ時期、私たちの少し後ですね、私たちと全く同じルートで、イスラエルに辿り着いたのです。でも弟はこの時のことを話したがりません。あまりにも過酷な経験でしたから。

辻：よく分かります。話してくれてあなたには本当に感謝しています。

ダリア：カラチで、イスラエルへの移住を斡旋してくれる担当の女性に会いました。女性エージェントなのですが、不思議な女性でした。姓を名乗りましたが、間違いなく偽名でしょう。顔立ちはパキスタン系、どれだけわりびいて見てもイラン系で、西洋系ではありません。地元の人に思えました。私が判断できるだけでもペルシャ語、パシュトゥー語、ウルドゥー語、英語、ヘブライ語を話し、イスラエルへの移民やそのルートについて熟知しているようでした。ヘブライ語が分かるのでおそらくムスリムではないと思うのですが、果たしてユダヤ人かどうかさえよく分かりませんでした。いずれにせよ、私たちは子連れということもあり、その女性エージェントは「一番安全なルートで確実に行きましょう」と提案してくれました。そして、カラチからアテネへ、アテネからテルアヴィヴに飛行機で行くことになりました。私たちもそれに賛成しました。

辻：やはり混乱の時期に非合法なビジネスが成立すると、そのような謎の人物が出てくるのですね。

ダリア：カラチからアテネへは、ジャンボジェット機で行きました。初めての飛行機でした。残念ながら航空会社は覚えていないのですが、東アジア系の顔立ちをしたフライトアテンダントがいたことはすごく印象に残っています。多分ものすごく高い値段だったと思うのですが、このお金がどこから出ていて、誰が払ってくれたのか、分からないのです。イスラエルへの移住を奨励する財団の基金かも知れません。今でも分かりません。

辻：今に至るまで分からないというのはすごいですね。

ダリア：アテネ行きの飛行機には、同じエスファハーン出身のユダヤ人も数人乗っていました。アテネの空港に降り立った時、すでにどこからか連絡を受けていたのか、五、六人のイェシヴァー（ユダヤ教超正統派の宗教教育機関）の学生が迎えてくれました。アテネでは一泊だけしました。翌日のテルアヴィヴ行きのフライトに乗るためです。そうして、私たちはイスラエルの地に降り立ったのです。

四　乳と蜜の流れる約束の地にて

1　移民収容センターにて

ダリア：アテネで一泊した後、イスラエルのエルアル航空でテルアヴィヴに着きました。何もかも全てがイランとは違っていました。全てが新しく映りました。着いたのは確か日中だったと思います。そこで一時滞在用のヴィザをもらい、初めの一週間ほどは親戚のところにいました。

辻：テルアヴィヴのベングリオン空港に降り立った時、誰か迎えてくれる人はいましたか？

写真 14　筆者の留学先であるヘブライ大学からエルサレムの旧市街を望む。2010 年 9 月撮影。

ダリア：誰もいませんでした。今と違ってネットもメールもない時代ですからね。

辻：その一週間後は、どういう生活が始まりましたか？　五〇年代では「マアバロート」と呼ばれる、移民用の粗末なキャンプに皆放り込まれたと聞きましたが……。また、その時代にイランから移民した私の友人はイスラエルに到着した時、一番初めにＤＤＴ（殺虫剤）を散布された、それが一番初めのイスラエルの記憶だ、と述べていました。

ダリア：その頃にはもうマアバロートなんてどこにもありませんでした。幸いＤＤＴもかけられませんでしたね。入国後、ネタニヤ（テルアヴィヴとハイファのおおよそ中間地点にあるイスラエルの都市）の「収容センター」と呼ばれるところに親子三人で収容されました。そこでは一世帯につき、家族の人数に従って住居を与えてくれました。

辻：その収容センターのことを詳しく教えて欲しいですね。たとえば、ダリアが着いた時にはセンターで合計何人くらいの人がいて、どこの出身の人が多かったですか？

ダリア：そうですね、大体五〇〇人から六〇〇人いたと記憶しています。出身地はイラン系、アルゼンチン系などがいたけど、圧倒的に多かったのはエチオピア人でしたね。エチオピア人が大半でした。センターには通常二年間いることになります。

辻：なるほど、確かにその時期はモーセ作戦[10]から二年も経っていないですものね。イラン系には故郷エスファハーンの人たちもいましたか？

ダリア：同じ時期にここに辿り着いたエスファハーンの人もたくさんいましたね。イランで投獄されていた人もいました。

辻：センターでの一日はどのようなものでしたか？

ダリア：朝は七時に起床して、赤ん坊の息子を託児所にあずけ、八時から一二時、あるいは午後一時までヘブライ語の授業を半年間受けました。各クラスは三〇人ほどだったと思います。

2　ヘブライ語のクラスにて

辻：ヘブライ語のクラスにもエチオピア人はたくさん？

ダリア：いいえ、実はそうでもありませんでした。彼らはヘブライ語学習の義務である半年を終えているからなのか、それとも他に別のことをしているのか、エチオピア人はほとんどいませんでした。ただ、センター内にはたくさんいて、ダンスを踊ったりしていて、そういうところにはたくさんいました。そこでエチオピアのダンスを習ったものです。

辻：ヘブライ語を習うのは半年だけですか？

ダリア：その後続けたいという希望があれば、テルアヴィヴまで行ってそこでさらに半年続けることができましたが、息子が幼かったので私は行きませんでした。

辻：ヘブライ語の先生も、同じユダヤ人とはいえ、違う文化的背景を持つ人と触れ合うと新鮮な驚きがあることが多いと思いますが、何かそのようなことはありましたか？

ダリア：私が覚えているのは、テヘラン出身のユダヤ人で、ヘブライ語の祈りも、ヘブライ語のアルファベットすらも知らない人がたくさんいるということに先生が驚いていたことです。イスラエル社会での通常の理解では、中東系のユダヤ人は大体において伝統的で、そのようなことは想像しにくいですからね。エスファハーンではそういうことはあまりありませんが、テヘランははるかに世俗的で西洋的ですから。

辻：私も合計二年ほど受講しましたが、「ウルパン」と呼ばれるヘブライ語のクラスではヘブライ語を学ぶだけでなく、歴史や思想など、「イスラエル人」になるための内容もヘブライ語を通じて学びますが、そこで印象的だったことはありますか？

ダリア：たくさんあります。まずシオニズムですね。そんなことは聞いたこともなかったのでとても驚きました。シオニズムに関して言うと、今でもそうですが、特にイスラエル生まれのイスラエル人に、「何故お前たちは全員でイスラエルに来なかったんだ、何故まだイランなんかに残っているんだ」と言われます。あと、先生はヨーロッパ系イスラエル人だったのですが、イランのことなんて何も知りませんでした。イランにラジオやテレビがあるということに驚いていて、私たちはそのことについてショックを受けました。ちなみにこのことは現在でも、「私は元々イランの出身です」と言った時に、ヨーロッパ系イスラエル人から言われることがあります。

写真 15　エルサレム旧市街の嘆きの壁。イスラエルは1967 年第三次中東戦争に勝利しエルサレムを「解放」する。その際に公共スペースの確保のため、嘆きの壁に隣接し 770 年の歴史を持っていたモロッコ人地区を解体した。2010 年 10 月撮影。

辻：それは酷いですね。日本では日本人は世界のこと、なかんずく中東のことを何も知らないと言っていますが、別にそれは日本に限ったことではないのですね。パレスチナ問題に関してはどうですか？

ダリア：パレスチナ問題もほとんど知りませんでした。前にも言った通り、そもそもイスラエルという国があるということ自体、一九七二年のミュンヘン・オリンピック事件で知ったぐらいで何も知りませんでしたからね……。イスラエルにはパレスチナ問題によって紛争がある、というのは聞いたことがあったような気もしますが、それが何を意味しているのかもさっぱり知りませんでした。アラブ人が敵である、というのもよく理解できませんでした。

辻：少し話はズレますが、ホロコーストのことはイスラエルに来る前に知っていましたか？

ダリア：いいえ、それも全く知りませんでした。ホロコーストに初めて出会ったのは、ここイスラエルに来て一年目、一九八七年の春、「ホロコーストの日」にイスラエル全土にサイレンが鳴り響いた時でした。その時に「これは一体何？」と友人に聞いて初めて知りました。六百万人のユダヤ人がヨーロッパで殺されたということに私が驚いているのと同じくらい、その友人も私がホロコーストを知らなかったことに驚いていました。

辻：それは大変興味深いですね。私がテルアヴィヴ大学のイディッシュ語（東欧系ユダヤ人の伝統的な言語）夏期講座に通っている時、新しくできたイスラエル人の友人が同じようなことを語ってくれました。その友人宅に通っているインド人の家政婦もホロコーストを知らなかったらしく、その友人は、「今まで自分はホロコーストというのは全人類が知っているものと思っていたが認識が甘かった。世界は広く、歴史は複数あり、そのことによって自分自身の内にある自民族中心主義を思い知らされた」と語ってくれました。

ダリア：私の祖父は第二次大戦に従軍（イランは枢軸国寄りだった）したのですが、今思えばその時に少し知っていたのかな、という気もします。それでも今と違って手に入る情報は制限されていましたし、ましてや遠いヨーロッパのことなので、どれだけ知っていたかは分かりませんし、そんなに膨大な数のユダヤ人が殺されているということは信じることができなかったかも知れません。いずれにせよ、もし祖父がそのようなことが行われている、と知っていても確認するすべもなかったし、少なくとも私に語ることはありませんでした。こんな話も興味深いかも知れません。大統領だったアフマディネジャードが二〇〇五年から二〇〇六年にかけてホロコーストを否定する言説を繰り返しましたね？　この時期に、イランに残っている私の姉と連絡をとりました。その時にホロコースト否定の話題になって、姉は「どうもユダヤ人と関係あるみたいだけど、ホロコーストって何？」と尋ねてきました。姉は、第二次大戦中にユダヤ人に対してそのようなことがあったというのは、アフマディネジャードが話題にするまで全く知らなかったのです。

辻：アフマディネジャードによって少なくとも一人のユダヤ人がホロコーストの事実を知ったのですね。彼には教育の才能がありそうです。

3　イスラエル社会へ飛び込む

辻：センターでの二年間のうち半年はヘブライ語学習をしていたのですが、残りの一年半は何をしていたのですか？

ダリア：二年間センターにいるうちは毎月生活費が支給されるのですが、イスラエルに着いてから二人目の子どもを妊娠してお金がさらに必要だったこともあり、半年ヘブライ語を勉強した後は中央バスステーションや服屋で働き始めました。そこで初めて、センターから出て本当の「イスラエル」を体験したのです。

辻：ある意味で隔離されていたセンターから出て、社会の中に初めて入っていったわけですね？

ダリア：ええ。カルチャーショックは大変なものでした。イランでは人々はお互いに敬意を持って接することを基

写真16　2000年から始まる第二次インティファーダの攻勢はヘブライ大学構内にも及んだ。2002年7月31日13時32分、この場所でテロが起こり9人の学生・職員が死亡。この木はその事件を記念したもの。2010年9月撮影。

本とするのですが、私にとってイスラエルはその意味で完全に違う文化でした。これはお決まりの表現なのですが、イスラエル社会に特徴的で今でも私にとって厄介なのは、「フツパー（ヘブライ語で、厚かましさや写真々しさ等と訳されうる表現）」ですね。もちろん、私の友人のイスラエル人も言うように、「強いイスラエル人」になるために必要なのかも知れませんが……。それでも私にはいきすぎているように感じてしまいます。

辻：他にどんなことで苦労しましたか？

ダリア：私はとても恥ずかしがりで、この性格のためにイスラエルで生き残るのは大変苦労しています。たとえば初めは公共の場で大声を出すことも叫ぶこともできませんでした。イランでそんなことをするのはあり得ませんからね。大声を出すことや叫ぶことは今でこそできるようになりましたが、たとえば、今でも他のイスラエル人がしているように、自分の権利主張を譲らずに主張し続けることは苦手です。また、人種差別と呼んでいいのか……そのようなものもこちらに来て初めて体験したような気がしています。なんというか、イランにいた時は、宗教の違いや民族の違いでお互い腹の中で思うところはあったかも知れませんでしたが、それが表に出てくることまではありませんでした。ユダヤ人として差別を受けたことはありましたけどね、もちろん。それが、こちらではイラン出身ということで、「お前たちは人としての価値が低い」というような扱いを受けるのです。ヒエラルキーがあるのですね。見下されていると感じることがたくさんありました。「ユダヤ人の国」で、同じユダヤ人どうしなのに……と思います。他のイスラエル人の、アラブ人に対する態度を見ていても同じことを感じますね。イランでは、そしてこれは今でも実践しているのですが、どんな他人に対してもまず敬意を持って接します。たとえば、今の我が家の庭の手入れにアラブ人が時々仕事で来てくれるのですが、私は彼に対して敬意を持って接し、いつも飲み物を用意して彼らを労います。これは倫理的な義務です。イランでも、当時出稼ぎで来ていたアフガン人、パキスタン人に対して皆同じことをしていました。ここではアラブ人に対してそのように振る舞う人は、いなくはないですが、決して多くないように感じています。イランとは全く違います。

辻：ユダヤ教の実践に関してはどうでしょうか。イランにいた頃は伝統を守った暮らしをしていましたよね？　イスラエルでのユダヤ教のあり方はどう映りましたか？

ダリア：イスラエルに来て驚いたのは、他の中東系ユダヤ人にとってもそうかも知れませんが、ユダヤ教の実践に関して両極端に分裂している状況がある、ということでしたね。たとえば、ユダヤ教を実践している人は全て、一から十まで守る。例外はなくて、厳しい。実践していない世俗的な人は、何がなんでも守らない。その中間がないのがすごく不思議でしたね。たとえば私たち中東系ユダヤ人は、「伝統派」と呼ばれることもありますが、安息日にはちゃんとシナゴーグに行く。でも車で帰る。でも電気は使わない。でも楽器は弾く。宗教的な人は車で帰るのも楽器を弾くのも電気を使うのも全て許しません。世俗的な人はシナゴーグになんか行かないし、安息日にも平気でテレビをつけるし、ラビ（ユダヤ教の導師）なんか全然敬わない。「真ん中」が存在しない、というのがあまりよく理解できませんでした。

辻：センターの二年間が終わった後に、エルサレムに来たのですか？

ダリア：ええ。エルサレムで家を借りて、その後その家も出て現在の我が家に至ります。その頃は子どもが二人いて、最終的に三人できたので経済的に大変でした。できる仕事は何でもやりましたね。幼稚園で子どもの相手をしたこともありますし、他人の家の清掃の仕事もたくさんしました。これは今でも時々しています。いつも複数の職種を掛け持ちしていましたね。それは今でも変わらないのですが、それでも今は子どもが育ってその分経済的にずいぶん楽にはなりました。

4　ユダヤ系イラン人から、ペルシャ系ユダヤ人に

ダリア：私がイランを脱出して半年ほどして、父が亡くなりました。その後母は一九九七年にイスラエルに移住しました。母の場合は、私たち家族が受け入れるということで、収容センターには入っていません。いずれにせよ、文字という文字が読めませんし、ヘブライ語を全くの初めから勉強するのは年齢的に不可能です。ボディランゲージでなんとか買い物や日常のことをやってきました。もうずいぶん高齢ですね。

辻：今でもイランにはユダヤ人が八〇〇〇人くらい残っていますよね。彼らの暮らしはどうなのでしょうか？

ダリア：今もイランに残っているユダヤ人は、基本的に裕福な人ばかりですね。先行き不透明で、情勢次第でどう

転ぶか分からないという今のイランの状況と天秤にかけて、イランに残ることを選ぶくらい財産を持っている人たちです。

辻：イランにいた時と、イスラエルで暮らし始めた頃と、アイデンティティーは変化しましたか？

ダリア：イランにいた時は自分はユダヤ人である、という意識が強かったのですが、イスラエルに来て以来、自分のペルシャ性に大変自覚的になりました。今までよりもさらにイラン出身であることに誇りを持つようになりました。私はゾロアスターの時代より続く偉大なイラン文化、ペルシャ文化の担い手です。私にとってはユダヤ人であるのと同じくらい、ペルシャ系であることは重要です。

辻：ユダヤ人としてのディアスポラ（離散の状態）から、今度は再びペルシャ系としてのディアスポラが始まったのですね。

ダリア：はい。やはり社会の中のマイノリティーでいるとアイデンティティーに自覚的になってくると思います。故郷のエスファハーンのユダヤ人は、ここイスラエルでの千倍くらい、ユダヤ人であることを意識し、大事にして守ろうとしていましたね。私はイスラエルに来て改めてペルシャ文化を自分で学びたいと思い、勉強を始めました。たとえば詩です。知っての通り、私たちペルシャの民は詩の民です。

辻：イランでは詩の勉強を子どものうちの早い頃からすると聞きました。

ダリア：私たちの時は五年生からペルシャ文学の授業が始まりましたね。その時分からすでにハーフェズ、サアディー、ルーミーやフェルドゥースィーらの詩を家で暗記して、授業で暗誦しなければいけませんでした。イラン人で敬虔なムスリムはペルシャ詩を重要視しない人もたくさんいますが、私にとってはペルシャ詩の授業は、自分の文化に誇りを持つために大いに役立ちました。

写真 17　エルサレムのイスラーム美術博物館で行われたコンサートにて。2016 年 11 月撮影。

辻：詩の他にペルシャ文化で大事だと思うものはありますか？

ダリア：言語そのものはもちろん言うまでもありません。今でも私は家庭内でペルシャ語を使いますし、子どもたちも私のペルシャ語はほとんど理解します。聞くことに特化していて喋る機会は家庭しかないので、喋るのは苦手ですが……。あとは前にも言いましたが、他人に対する気遣いや敬意など、ふるまいに関することですね。そして、やっぱり音楽です。詩よりも音楽の方が大きいかも知れません。と言っても、ペルシャ古典音楽のメロディーに乗せる詩は前出の偉大な詩人たちなので不可分ですけどね。

辻：ペルシャ系移民の二世、三世で、ペルシャ語なんてほとんど知らないけど、それでも安息日に代表される宗教儀礼のメロディーはいまなお両親や祖父母の代の、ペルシャ古典音楽に基づくメロディーだ、という友人がいますね。ダリアに教えてもらったエスファハーンの「レハー・ドディー」を一緒に歌いました。

ダリア：本格的にペルシャ古典音楽を学び始めたのは、離婚して間もなくの頃でした。二〇〇三年頃だったと思います。その頃に女性の相互扶助グループに誘われて、活動を始めました。そのグループの友人から、エルサレムのムスラッラーという地区に中東音楽を学べる学校があって、そこでペルシャ古典音楽を学ぶこともできると初めて知ったのです。早速入学して、アミール・シャーサル[11]のもとで三年間勉強しました。彼はナイ奏者ですが、膨大な歌曲のレパートリーを持っていたのです。学校が大好きになったので、アミールが学校を辞めた後もケイハン・ネエマン[12]にペルシャ古典音楽を習いました。彼はサントゥールの他に声楽も教えていたので。音楽を勉強し始めて、その頃から徐々にホームパーティー等で歌うようになりました。一〇年くらいはお金をもらわずに歌ってきたのですが、四年前あたりから出演料ももらうようになりました。最終的に音楽学校には一五年くらい通ったことになり、今はそこでペルシャ古典の声楽や、ペルシャ語・ペルシャ詩も教えています。

辻：私たちを結びつけたものは音楽でしたね。イランには今もお姉さんが一人、お兄さんが一人残っていると聞きました。今でもイランに行ってみたいですか、帰りたいですか？

ダリア：いつになるか分かりませんが、もし可能なら、是非訪れてみたいですね。私の生まれ故郷ですから。でも、イランにはもう住みたいとは思いません。私の残りの人生を、ここで、イスラエルで生きていきます。

おわりに

ダリアとの対話は、以上である。残念ながら紙幅の都合で本書に採用できなかったエピソードは数多くあるが、興味深いと思われるものを採用したつもりである。本書の中核部分は以上なのだが、一点だけ本書の聞き取り調査の意義を指摘しておきたい。筆者も聞き取りの際に大変衝撃的だったことなのだが、ダリアはユダヤ系の学校に通っていたにも関わらず、イスラエルという「ユダヤ人国家」が存在することを知らなかった。さらに、イスラエルに着いてから初めてホロコーストという歴史的事実を知る。イランに残っている彼女の姉は二〇〇〇年代中盤までそのことを知らずにいた。

その事実が筆者にとって衝撃的だったのは、「そのようなユダヤ人はいるわけがない」という筆者の勝手な思い込みがあったからである。イスラエル人とユダヤ人が、そしてヨーロッパのユダヤ人史及びそれに深く関連するイスラエル史と彼女たちの歴史が、筆者の頭の中で綺麗に切り離された瞬間だった。西洋近代や、それが生んだイスラエルと無関係・並行的に存在する、個別のユダヤ史。それを今も生き続けるダリアの姉。そのイランからイスラエルへと脱出避難し、西洋近代やイスラエルと邂逅を果たすものの同化に困難を覚え、しかし新しいディアスポラで生きる覚悟をしたダリア。

ギリシャの映画監督、故テオ・アンゲロプロスがギリシャ現代史を描いた『旅芸人の記録』（一九七六年）の中に次のような一幕がある。旅芸人一座の座長アガメムノンが、パルチザンに身を投じた長男オレステスの身代わりにドイツ軍によって銃殺刑に処される。銃殺される直前にアガメムノンは問いかける。

「私はイオニアの海から来た。君たちはどこから?」

その問いに答えず、ドイツ軍はアガメムノンを射殺する。本書を執筆中、筆者の頭の中ではこの台詞がずっと鳴り響いていた。それは今でも止まない。

オリーヴの林をぬけて、そして人生は続く。

注

(1) 一九四一年六月一日と二日、シャヴオート(ユダヤ教の五旬節)の際にバグダッドで起きた反ユダヤ主義に基づく襲撃・虐殺事件。一七〇人以上のユダヤ人が虐殺、一〇〇〇軒以上のユダヤ人住居が破壊・略奪され、事件の鎮圧の際に三〇〇人以上の非ユダヤ人の死者も出た。その禍根や歴史的影響は現代にまで及ぶ。四—1に出てくる「マアバロート」とともに天野優［天野 二〇一五］を参照のこと。なお、筆者も論文を投稿している雑誌『一神教世界』はインターネット上でPDFの閲覧・ダウンロードが容易。

(2) Alliance Israélite Universelle。一八六〇年設立、現在もパリに本部を置くユダヤ人互助組織・啓蒙団体。中東各地に学校を作りフランス語を教え、現地ユダヤ人のエンパワーメントを目的とする。

(3) PLO(パレスチナ解放機構)の主流派・最大派閥であったファタハ内で組織された秘密テロ組織によって、オリンピック開催中に起きた事件。最終的にイスラエル人選手一一人と警官一人が殺害された。映画ではスティーヴン・スピルバーグ監督による『ミュンヘン』(二〇〇五年)が有名。

(4) モハンマド・レザー・シャジャリアーン(一九四〇年〜)。声楽家。ペルシャ古典音楽の重鎮。

(5) バーブ教を前身として、一九世紀半ばにイランで興った宗教。バハーオッラーを創始者とする一神教で、人類の平和・寛容・平等などを唱える普遍宗教。イランや中東だけでなく世界中に広まっており、日本にも支部がある。本部はイスラエルのハイファで、世界中から巡礼客が訪れる。筆者もハイファで安宿に泊まった折に「バハーイー教徒の巡礼者か?」と何度も聞かれた経験がある。

（6）ユダヤ教徒が春の過ぎ越しの祭りの時に、異教徒を殺して血をすする等の無根拠な噂。

（7）英語表記ではThe Kamkars。イランのクルド人で構成された有名な音楽グループ。中核メンバーは皆キャムキャル一家。

（8）一九〇二年生、一九五七年没のペルシャ古典音楽家。多種の楽器を演奏するが、特に西洋ヴァイオリンと撥弦楽器セタールの演奏が有名。後代への影響多大。

（9）ザーヘダーンが位置する、イランのスィースターン・バローチェスターン州の主要民族。パキスタンやアフガニスタン領内にもいる。あまり知られていないがイランは多民族国家で、公用語であるペルシャ語を母語とするペルシャ系は半分しかいない。バローチーのイラン総人口に占める割合は二％程度と推定されている。

（10）一九八四年末から一九八五年初頭まで行われたエチオピア系ユダヤ人の「救出」作戦。これにより六千人以上のエチオピア系ユダヤ人がイスラエルに到着した。ラデュ・ミヘイレアニュ監督による『約束の旅路』（二〇〇七年）という映画はこの事件を元にして作られている。エチオピア系ユダヤ人とイスラエルというテーマでは、他にもラアナン・アレクサンドロヴィッチ監督による『ジェイムズ聖地へ行く』（二〇〇七年）という映画も日本で入手可能。なお、モーセ作戦の後、一九九一年五月にも「ソロモン作戦」という同様の救出作戦が行われ、それにより一万四〇〇〇人以上のエチオピア系ユダヤ人がイスラエルに到着した。

（11）イラン出身のナイ（葦笛）奏者。自身のソロアルバム**Botec'hin**を二〇〇六年にリリース。他にも各種音楽グループで精力的に活動を行う。

（12）テヘラン出身のユダヤ人音楽家。テヘラン音楽院でファラマルズ・パイヴァールにサントゥール（打弦楽器、インドにも同名類似楽器あり）を習う。筆者のペルシャ音楽の師の一人でもある。

参考文献

〈日本語〉
天野　優
　二〇一五　「現代イスラエルのイラク系ユダヤ人作家――サミー・ミハエルとその作品」『一神教世界』六：一―一八頁。
五十嵐　一
　一九七九　『イラン体験――落とされた果実への挽歌』東京：東洋経済新報社。
　一九八四　『音楽の風土――革命は単調で訪れる』東京：中央公論社。

臼杵　陽
一九九八　『見えざるユダヤ人――イスラエルの〈東洋〉』東京：平凡社。
大河内和正
一九六七a　「中東戦争とイスラエル（Ⅰ）」『アジア経済』八（一〇）：九一―一〇六頁。
一九六七b　「中東戦争とイスラエル（Ⅱ）」『アジア経済』八（一一）：一二〇―一三六頁。
グッドマン、デイヴィッド
一九七九　『イスラエル――声と顔』東京：朝日新聞社。
立山良司
二〇〇〇　『揺れるユダヤ人国家――ポストシオニズム』東京：文藝春秋社。
谷　正人
二〇〇七　『イラン音楽――声の文化と即興』東京：青土社。
ローゼンタール、ドナ　中丸薫訳
二〇〇八　『イスラエル人とは何か――ユダヤ人を含み越える真実』東京：徳間書店。

〈英語・ヘブライ語〉
Giat, Paltiel
2012　HaMifgash shel Ole Teman 'im Tofa'at haHilun beEretz Yisrael (in Hebrew). *Tema* 12: 31-47.
Haddad and Rosenteur, Haskel M. Haddad and Phyllis Rosenteur
2001　The Farhod: Shavuot in Baghdad, 1941. *Midstream* May/June 2001: 18-22.
Moreh and Yehuda, Shmuel Moreh and Zvi Yehuda (eds.)
2010　*Al-Farhud: The 1941 Pogrom in Iraq*. Jerusalem: The Hebrew University Magness Press.
Netser, Amnon
1984　Musiqa shel Qodesh veshel Hol beQerev Yehude Paras (in Hebrew). *Pe'amim* 19: 163-181.
Saadoun, Haim (ed.)
2005　*Iran: Qehilot Yisrael baMizrah baMeot haTsha' 'Esre veha'Esrim* (in Hebrew). Jerusalem: Ben Zvi Institute and The Ministry of Education and Culture.

Saadoun and Rappel, Haim Saadoun and Yoel Rappel (eds.)

1997 *BeMahteret meArtzot haIslam* (in Heberw). Jerusalem: Ben Zvi Institute and The Ministry of Education and Culture.

Sani, Pari

2011 *Tarnegol Parsi* (in Hebrew). Ramat Gan: Hotzaat Agas.

Shohat, Ella

1999 The Invention of the Mizrahim. *Journal of Palestine Studies* 29(1): 5-20.

Tobi, Yosef

1987 Shorshe Yahasah shel Yahadut haMizrah el haTenu'a haTzyonit (in Hebrew). In Shmuel Etinger (ed.) *Tmurot baHistorya haYehudit haHadasha,* pp.169-192. Jerusalem: Merkaz Zalman Shazar leToldot Yisrael haHevra haHistorit haYisraelit.

あとがき

筆者とイスラエルとの出会いは2005年に遡る。大学の春休みを利用して、後輩と男二人でバックパックを背負い日本を出た。ベイルート、ダマスカス、アンマンと巡り、2000年に勃発した第二次インティファーダの傷痕生々しいエルサレムに辿り着いた。そこで見聞きし体験したことがあまりにも衝撃的で、脳がヒリヒリするような感覚を抱いたことを今も憶えている。この旅行以降、筆者の人生は全てエルサレムを中心に展開するようになり、合計で彼の地に５年ほど滞在することになった。

５年間の留学で得たものは、現地で出会ったかけがえのない友人たちだった。学術的な研究成果といったものも当然だが、そんなものは筆者が彼らと出会った意義と比べればなんでもない。中でもとりわけ大切な友人が､言うまでもなく本書の主人公ダリア･パジャンドである。人類学者でもなくイラン研究者でもない筆者が本書を上梓し、読者になんらかの寄与をすることができたのであれば、それは筆者の力量ではなく彼女のおかげである。ダリアではなく別の誰かがインフォーマントだったなら、本書は陽の目をみることがなかったであろう。尊敬する友人である彼女に、謹んで最大限の謝辞を捧げたい。

筆者の学問的な基礎は同志社大学神学研究科にある。特に当時の筆者の指導教授であった中田考先生からは、学問だけでなく、信仰とはなにか、人生とはなにか、という根本問題に至るまでのことを（筆者が勝手に）学んだ。アラビア語とイスラームを学びに馳せ参じたくせに、ユダヤ教とイスラエルに浮気した筆者を許し、それどころかその禁じられた愛を奨励して下さった師に心より感謝したい。中田先生が筆者の指導教授でなかったならば本書は存在していない。

留学中はただでさえ物価高な上に為替レートの大きな変動もあり、親族に大変迷惑をかけた。いつも暖かく見守ってくれ、陰に陽に支えてくれている両親はもとより、経済的な援助という意味では叔母・由美子に一番お世話になった。謹んで感謝申し上げる。そして、遥かイスラエルまでついてきてくれて苦楽の全てをともにしてくれた妻、智子に。

著者紹介

辻　圭秋（つじ　よしあき）
1983年、大阪府八尾市生まれ。同志社大学神学研究科博士課程単位取得満期退学。主要業績に、「S.D. Goiteinのイスラーイーリーヤート理解──一神教研究の観点から」『一神教世界』2010年、第1号、「イエメン・ユダヤ詩の作詩技法d──ジャワーブとその分類」『一神教世界』2015年、第6号など。

そして人生は続く　あるペルシャ系ユダヤ人の半生

2017年12月15日　印刷
2017年12月25日　発行

著　者　辻　圭秋
発行者　石井　雅
発行所　株式会社　風響社
東京都北区田端4-14-9（〒114-0014）
Tel 03（3828）9249　振替00110-0-553554
印刷　モリモト印刷

ISBN987-4-89489-799-1　C0023